Alexander Je[illegible]

und immer wieder leben

und immer wieder leben

Alexander Jehle

BUCHER

Bibliografische Information der Deutschen Nationalbibliothek:
Die Deutsche Nationalbibliothek verzeichnet diese Publikation in der Deutschen Nationalbibliografie; detaillierte bibliografische Daten sind im Internet über http://dnb.d-nb.de abrufbar.

4. Auflage 2017
BUCHER Verlag
Hohenems–Wien–Vaduz
www.bucherverlag.com

Gesetzt aus der Bembo
Druck: BUCHER Druc, Hohenems
Gedruckt auf FSC- und PEFC-zertifiziertes Papier

Printed in Austria

ISBN 978-3-99018-249-9

Gewidmet
Barbara Maier († 1999)
in liebevoller
Erinnerung

AM ANFANG EIN WUNDER

Ganz zuletzt schreibe ich die Zeilen über den Anfang. Alle Gedichte liegen bereits vor, alle Texte sind geschrieben. Die am Ende geschriebenen Worte stehen nun wie selbstverständlich ganz zu Beginn. In gewissem Sinne ist dieser Anfang, vielleicht aber auch jeder Anfang, eine Täuschung der Sinne. Vielleicht sind Anfang und Ende nicht zwei entgegengesetzte Punkte auf einer Linie, vielleicht sind Anfang und Ende vielmehr ein und derselbe Punkt in einem Kreis, vielleicht aber ist auch alles ganz anders …

Gegen Ende dieses Anfangs habe ich mir die Frage gestellt, welchen Nutzen meine Gedichte haben werden. Vermutlich wohl keinen, vermutlich sind sie nutzlos. Meine Gedichte unterhalten nicht, sie lenken nicht ab, sie enthalten auch keine praktisch leicht umsetzbaren Ratschläge. Paradoxerweise liegt für mich gerade in dieser Nutzlosigkeit ihre Botschaft verborgen. Muss Sinn denn überhaupt in einem Zusammenhang mit Nutzen stehen? Sind nicht gerade auch im Nutzlosen oftmals das Glück und die Freude beheimatet? Welchen Nutzen hat etwa die Liebe? Welchen Nutzen hat eine Melodie, ein Bild, ein Dankeschön, ein Blumenstrauß? Welchen Nutzen hat die Herzlichkeit oder etwa die Freundlichkeit?

Meine Gedichte sind mehr Frage als Antwort. Vielleicht erinnern sie auch dich manchmal daran, dass zum Wesen des Menschseins wohl auch gehört, bereits vorhandene Antworten hin und wieder zu hinterfragen und mit ungelösten Fragen leben zu lernen.

Und vielleicht lassen dich meine Gedichte – und sei es nur einen Augenblick lang – erahnen, dass unser Leben keine zu lösende Aufgabe ist, sondern vielmehr ein rätselhaftes, in Worten nie und nimmer eingrenzbares, unendlich viele Geheimnisse in sich bergendes Geschenk und Wunder.

Vom Sinn des Nutzlosen

Ich schreibe Gedichte gegen die Angst
das Schreiben bringt mich ins Leben
es beatmet die Seele, schafft Zugang zum Herz
sucht Sonne in Wolken und Regen

Ich schreibe Gedichte gegen den Tod
gegen den Tod im Alltag des Lebens
getarnt als Sorge breitet er sich aus
und plötzlich zählt nur noch das Überleben

Ich schreibe Gedichte als Dankeschön
als Dank für so viel Gutes
für so viele Menschen die aufrecht gehn
voller Hoffnung und voll des Mutes

Ich schreibe Gedichte auch für mich
für mein Hoffen, mein Beten, mein Zagen
für mein so kleines Pflänzchen Mut
im Leben Vertrauen zu wagen

LEBEN IM WANDEL

Allen Jahreszeiten wohnt das Besondere inne und reift eine Jahreszeit ihrem Ende entgegen, entsteht in mir bereits die leise Vorfreude auf die dann kommende. Alle Jahreszeiten haben ihr Schönes.

Besonders lieb aber ist mir der Sommer, seine Wärme, seine langen Tage, seine vielen Möglichkeiten.

Wenn die Tage dann spürbar kürzer und die Nächte wieder kälter werden, schleicht sich selbst im Sommer die Vorfreude auf den nahenden Herbst in mein Blut und vermischt sich dort mit einem seidenen Schleier der Trauer zur melancholischen Gewissheit, dass dieser Sommer, dass wieder einer meiner so lieben Sommer unwiderruflich und für immer zu Ende geht.

Antwort

Das Leben schenkt uns Möglichkeiten
einzigartig einmalige Gelegenheiten
sie zu leben liegt bei uns

Wir sind unabänderlich zur Freiheit geboren
stehen vor Fragen, die das Leben uns stellt
in unserer Antwort aber liegt verborgen
die Evolution, die Schöpfung der Welt

In einem Meer aus Möglichkeiten
erschaffen wir
unsere Inseln der Wirklichkeiten
aus unzerstörbar festem Fels

Vergänglichkeit

Schon beginnt die Luft zu tanzen
das Blatt zeigt sein schönstes Gesicht
so jung, verträumt, so voller Neugier
nur seine Einzigartigkeit, die sieht man nicht

Ein jedes Blatt ist voller Leben
voller Zukunft, voller Streben –
im Frühling ist die Hoffnung groß

Der Sommer brennt wie tausend Sonnen
der grelle Schein blendet den Lebenstraum
und irgendwo versteckt im Innern
wächst im Blatt ein leerer Raum

Das Blatt wird golden und gebrechlich
es sieht, andere Blätter fallen vom Baume leicht
ich selbst bin ewig, es trifft die andern
und trotzdem spürt es Endlichkeit

Tiefblau kalt ist dann der Winter
der Baum steht nackt und trotzt dem Schnee
die Blätter des Baumes waren Wandel
sie sind nicht mehr, es war so schön

Courage

Mut
ist doch
letztlich
immer
ein Kind
der Angst

Welch
herrlicher
Wandel

Lasst uns
Mutkinder
zeugen

Unaufhörlich

Sie werden
zur
Mutter
deiner
Courage

Zugvögel

Ich blicke in den grauen Himmel
und seh verträumt den Schwalben nach
sie ziehen mit der Wärme in den Süden
wie sehr sehn ich mich auch danach

Ich steh im Hochsommer meines Lebens
der Herbst kommt näher
Tag für Tag
wär doch noch Frühling
wünsch ich manchmal vergebens
und seh voll Staunen den Jahren nach

Ver-rücktes Leben

Am Anfang ist dein Himmel groß
Du bist Dirigentin deines Lebens
der Raum, die Zeit gehören dir
kein Wünschen ist vergebens

Die Zeit vergeht und steht doch still
die Liebe lähmt, ein Traum zerbricht
die Welt tanzt lärmend laut vorbei
die Verantwortung nimmt dir die Sicht

Die Freiheit wird dein stiller Gast
im Außen so sehr fremdbestimmt
findest du in dir den Raum
aus dem ein Lied der Freude klingt

und manchmal fühlst du
tief in dir drin
mein ver-rücktes Leben
ist voller
Sinn

Leben lernen

Nie wollte ich erwachsen werden
wie wehrte ich mich gegen all das Sterben
Augenblicke, Tage, Jahre vergehen
ungelebt – im Glauben ewig zu leben

Nur was vergeht und sich verschenkt
kann atmen, im Leben verweilen
nur was sich fallen lässt
kann wachsen, kann Wurzeln treiben

Geborgen im heiligen Kreislauf des Lebens
kein Lachen, kein Leiden, kein Lieben vergebens
im uralten Rhythmus flüstert die Zukunft mir zu
bejahe das Sterben, dann lebst auch du

Aufrechte Haltung

Die seitlich ausgestreckten Arme
weiten den Brustraum
erleichtern die Atmung
und lassen erahnen
dass
Freiheit
nahe
der persönlichen
Schmerzgrenze
geboren
wird

Realutopie

Den Blütenstaub der Utopien
ungefiltert
einatmen

In Geist und Herz
wirken
lassen

Die Frucht des Wandels
mutig
ausatmen

Mitten
in die
Menge
hinein

Ewiger Wandel

Ich möchte die Blätter fallen hörn
sie fallen so weich, so leicht, so sanft
Ich möchte im Sterben das Werden sehn
das Leben vergeht und wird dadurch erst ganz

Die Blätter sie fallen so selbstverständlich
dass selbst ihr Sterben voll Leben ist
ihr fallender Tanz lehrt unmissverständlich
was bleibt ist der Wandel der unser Leben ist

Heilung

Den Finger der Wahrheit in die Wunde legen

Die Wunde mit Mitgefühl verbinden

Die sich bildende Narbe mit Liebe berühren

Dann aber:
vertrauensvoll zurücklehnen
den Blick weiten
das viele Schöne, das Heile sehn
und wie ganz nebenbei
die Narbe zu neuem Leben wandeln lassen
und staunen …

VOM UNTERWEGSSEIN IM IRGENDWO

Wir kommen von irgendwo und gehen irgendwann wieder zurück ins Irgendwo. In der kurzen Zeit dazwischen aber sind wir meist hastig, manchmal auch schlendernd unterwegs. Wir sind immerzu unterwegs auf unserer schönen Mutter Erde, einem Planeten in irgendeinem Sonnensystem, irgendwo in irgendeinem Universum, irgendwo in Raum und Zeit. Inmitten all dieser gigantischen zeitlichen und räumlichen Dimensionen wollen wir denkend die Welt verstehen. Eine sehr große Aufgabe für unseren Verstand, irgendwie …

Fragen

Das Leben hängt an einem seidenen Faden
oder ist es doch eine goldene Kette?

Es ist immer fünf vor zwölf
Wie lange noch?
Was kommt um zwölf?

Warum sind Wetterberichte
heute so wichtig geworden?

Was haben Menschen
die keine Zeit haben
anstelle der Zeit?

Hat man rückblickend betrachtet mit fünfzig
das subjektive Gefühl
zwanzig Jahre länger gelebt zu haben als mit dreißig?

Wäre unser Umgang mit der Schöpfung ein anderer
wäre Gott nicht als Mensch
sondern als Lamm, Ferkel oder
Kalb in einer Krippe oder
gar als Fichte irgendwo im Wald
geboren –
und ist Gott das etwa auch?

Welchen Nutzen hat es
über alles in der Welt informiert zu sein
den Nachbarn aber nicht mehr persönlich zu kennen?

Warum wird man vom vielen Leben
nicht lebensmüde
sondern todmüde?

Liebe Fragen
Ich gehe schlafen
ruhet nun auch in Frieden

Gute Nacht

Leben

Vom Gestern lernen
vom Morgen träumen
das Heute aber leben
bedingungslos

Lebenskunst

Die Angst bei der Hand nehmen
und mutig voranschreiten
ins große
Abenteuer

Fallen

Und wenn ich
einmal nur in meinem Leben
nur für die Dauer eines Augenblicks
alles was mich bewegt
und immerzu beschäftigt
loslassen könnte
Ich würde fallen
unendlich tief

bis in den Himmel
hinein

Aus der Zeit

Eine Auszeit nehmen
einen Sommer lang
von allem Müssen
von allem Dringlichen
von allen Zwängen
von aller Gewohnheit

Die eigene Vergangenheit
die vielen Rollen
weit wegschleudern
außer Sichtweite
aus der Zeit

Eine Auszeit nehmen
einen Sommer lang
alte Kleider ablegen
und eintauchen
in den Fluss
des Lebens

Und immer wieder leben

Und immer wieder leben
ohne jeden Zwang
nach nichts anderem
als leben streben
und das
ein Leben lang

Sich beschenken lassen
von dem was ist
nur im Hier und Jetzt
atmet das Wahre

Vergiss alles
damit du alles bist
leb deine Fülle
die Tiefe
das Rare

Und immer wieder leben
und das ein Leben lang
nach nichts anderem
als leben streben –
lebenslang

Adler

Hoch über mir fliegt ein Adler
mit gespannten Flügeln
im tiefblauen Himmel
dem im Sonnenlicht
rot leuchtenden
Berggipfel
entgegen

Ich blicke
zu ihm auf
und frage mich
ob sich der Adler
seiner Würde
bewusst ist
und während ich mich das frage
schießt der Adler
wie ein Pfeil nach unten
und ich weiß
nein
er macht sich
keine Gedanken
nein
er
lebt

Individuum

So viele Menschen
so viele Pläne
so viele Träume

So viele Menschen
so viele Welten
so viele Wege

Gibt es ein Richtig?
Gibt es ein Falsch?

Kein Glück, kein Leid
ist letztlich vergleichbar
jeder stirbt seinen eigenen Tod

auch wenn wir alle
aufs gleiche Meer schaun
sieht es jeder einmalig
aus seinem eigenen Boot

VON LIEBE UND ANDEREN GEFÜHLEN

Es ist das Schöne und wohl auch das Gefährliche an Gefühlen, dass sie ganz unabhängig von äußeren Umständen existieren können. Wir haben zumindest manchmal die Freiheit zur Angst, die Freiheit zur Wut, die Freiheit zur Liebe. Ja, wir haben die uneingeschränkte Freiheit zu lieben, zu lieben gegen jede Logik, zu lieben gegen jede Vernunft, gegen jede Erwiderung und selbst über jeden Tod hinaus.

Letzte Freiheit

Gott
und
Mensch
können
gekreuzigt
werden

Niemals
aber
die
Würde

Südwind

Endlich wieder Südwind im Herzen
auf den Schultern nur leichtes Gepäck

Geborgen in einem Lächeln
über Almwiesen schlendern
den Geruch von frisch geschnittenem Gras
im Blut

Auf einem Stein sitzen
die Füße im kalten Wasser
dem Wildbach zuhören
mit Ohr, Herz und Seele
da sein
und lauschen

Von der Natur
wieder leben lernen
dann und wann
Fehler riskieren
fehlerhaft
glücklich sein

Augenblick (für Elena)

Weißt du noch
damals
unser erster Kontakt
damals
im Waisenhaus in Addis

So ein kleiner schmaler Mund
so große dunkle Augen
so dunkel
so dunkel und schön
so dunkel und schön
wie die Nacht in Afrika

Deine großen Augen
beobachteten mich
blickten mich an
sie blickten
so ängstlich und aufgeregt
so ängstlich und aufgeregt
wie meine Augen

Deine großen, dunklen Augen
ließen mich nicht los
keinen Augenblick
so als ob sie
gewusst hätten
so als ob sie
von allem Anfang an
gespürt hätten
dass dies einer dieser besonderen Momente
im Leben ist
einer dieser wundervollen Momente
denen die Kraft innewohnt
die Zukunft zu gestalten
das Leben zu ändern
meines
vor allem aber
deines
am meisten aber
unseres

Möglichkeiten

Zartgrüne Gräser
schüchterne Wärme
Schneeschmelz und Tau
Auferstehung
ins Glück

Lauwarme Morgen
leichte Sandalen
Meerluft und Schwalben
barfuß
ins Glück

Klarblauer Himmel
goldgelbne Blätter
Süßmost und Frost
Almabtrieb
ins Glück

Eiskalte Nächte
pulvriger Schnee
Berge und Stille
Touren
ins Glück

Es ist so schön zu leben
zu leben
inmitten all dieser Fülle

Öffnen wir
die Sinne
für das
Glück

Loslassen (für Sophia)

Ich habe dich festgehalten
als die Welle kam
an diesem ersten Urlaubsabend
an der Felsküste in Teneriffa

Du bist ganz vorne gestanden
ganz vorne an der Klippe
hast gelacht
die Wellen bejubelt
die mit voller Kraft
gegen die Felsen prallten
dann zurückfielen
ins Wasser
um sich dort
um sich selbst drehend
wieder aufzulösen

Gemein war sie
die eine Welle
die von hinten kam
um dich mitzunehmen
um dich mitzunehmen
ins Wasser
ins Meer

Sie schwappte zunächst
seitlich an dir vorbei
du hast sie nicht sehen können

sie holte Anlauf
hinterlistig
von hinten
kam sie auf dich zu
umspülte deine Kinderbeine
stieß dich zu Boden
nahm dich mit
du warst mit deinen Beinen
schon im tosenden Meer
hast nicht einmal
geschrien
hast mich angestarrt
entsetzt
fassungslos
hast dich an meine Hand
geklammert
ich habe dich unendlich fest
gehalten
damals

und auch
heute noch

Es fällt mir schwer
dich
jemals
wieder
loszulassen

Wieder daheim

Ich bin wieder zu Hause
endlich daheim
das Müssen macht Pause
ich wühl mich jetzt ein
in Decken voll Sehnsucht
nach Leben, nach Lust
steck den Kopf in den Himmel
ich pfeif auf den Frust

Das Gefühl von zu Hause
mein ältester Freund
der Geruch von Vertrautem
hüllt mich liebevoll ein
in jeder Zelle des Körpers
wachen Generationen auf
so viele Leben
stehen in mir auf

Das Gefühl von zu Hause
macht unendlich reich
weg mit den Masken
Hartes wird weich
die Lilien im Garten
zeigen mir wie es geht
ich liege im Rasen
Wolken ziehn ihren Weg

Ich lieb mein Zuhause
jedes Jahr mehr
das Gefühl von Zuhause
wächst zärtlich in mir
es ist nicht beschreibbar
jedes Wort ist zu klein
hast du ein Zuhause
bist du nie allein

Frieda

Lieber kleiner Vogel
du singst im Blumenmeer
gerade aus dem Ei geschlüpft
mein Herz vom höchsten Baum gepflückt
dich zu lieben fällt nicht schwer

Lieber kleiner Vogel
du kamst ins volle Nest
freier Raum war nicht mehr viel
du nahmst nur was noch übrigblieb
wie selbstverständlich nur den Rest

Lieber kleiner Vogel
du liebliches Geschenk
du lebst deine Gelassenheit
inmitten von Getriebenheit
während ich nur drüber denk

Lieber kleiner Vogel
auch dich ziehts in die Welt
flieg nicht zu hoch, nicht gar zu weit
land mitten in der Zufriedenheit
tausch nie dein Leben
gegen Geld

und komm doch bitte
dann und wann
was sag ich
nein
nicht dann und wann
und komm doch bitte
immer wieder
und sei es nur
minutenlang
zurück

in
unser
Nest

Wünsche (für Rabea)

Ich wünsch dir einen Schmetterling
als Begleiter deines Lebens
sieh ihn dir an und sei gewiss
kein Warten ist vergebens

Ich wünsch dir einen Apfelbaum
als Freund in ängstlichen Tagen
er schenkt all seine Früchte her
kann neues Leben wagen

Ich wünsch dir
dass ein Regenbogen
deinen Lebenslauf umhülle
das Leben ist bunt
alles ist da
tanz dankend in die Fülle

Und letztlich wünsch ich dir mein Kind
für alle Lebenszeiten
dass dich ein ganz besonderer Freund
der Wind
zeitlebens begleite

Er denkt nicht nach was andere denken
er lässt sich nur vom Leben lenken
er weht so wie er wehen will
mal laut, dann wieder still

Egal was dir das Leben bringt
bleib deiner Seele treu
mein liebes Kind

Trotzgedicht

Trotz aller Zweifel
trotz aller Angst
trotz aller Schmerzen
trotz aller Schuld
trotz aller Trauer
trotz aller Hoffnungslosigkeit

der Resignation trotzen

und dem Leben
mutig und scheu
zulächeln

Yanik

Erdiger Träumer
friedvoller Kämpfer
nachdenklicher Clown
ängstlicher Held
unberechenbar zärtlich
feinfühlig wild

Gegensätze verschmelzen
in dir
zu dir

Anwesend abwesend

Guten Tag Herr Nachbar
schön Sie wiederzusehn
Ich bin wieder zu Hause
Ich hab Sie lang nicht mehr gesehn

Sie sagen, ich sei nicht weg gewesen
Sie irren, ich war auf Besuch in einer andern Welt
hat Ihnen meine Frau, haben Ihnen meine Kinder
in den letzten zwei Jahren denn gar nichts erzählt?

Wissen Sie, ich war in meinem Kopf zu Gast
hab schreckliche Zeiten überlebt
hab im Innern mit Dämonen gekämpft
hab im Außen immer weniger
und dann nicht mehr gelebt

Sie sagen, das klinge komisch
Sie glauben mir nicht
Ich nehms Ihnen nicht übel
selbst meine Frau kannte mich nicht

Noch vor einem Jahr
sagte sie zu mir
Ich vermiss dich sehr
Wann kommst du wieder
wieder zurück aus deinem Meer?

Ich war tatsächlich mein eigener Gefangener
eingekerkert im Ozean der Angst
umgeben von Haien
Ich war völlig wehrlos, ohne jedes Gewand

Doch ich hatte Glück
das Meer hat mich wieder freigegeben
Ich bin wieder hier
Ich freu mich so sehr am geschenkten Leben

Lieber Herr Nachbar
Ich hol jetzt Brötchen, auf Wiedersehn
einen lieben Gruß und lassen Sie keinen Tag
ohne ein liebes Wort vergehn

Sichtweise

Alles
ist immer da

Ob Glück oder Unglück
ob Angst oder Liebe
ob Kopf oder Herz
alles ist immer da

Glücklich ist
der mit
dem Augenfilter
der Freude
die Welt
zu betrachten
lernt

Tamara

Wenn ich wissen würde
dass diese Nacht
die letzte Nacht
in diesem Leben wäre
ich würde dich zudecken
mit meinen Küssen
ich würde dich wärmen
mit all meiner Liebe
und vor allem
würde ich dich betrachten
jede Sekunde der Nacht
und beten
dass sich meine Seele
in alle Ewigkeit
an deinen lächelnden Mund
und das Strahlen
in deinen Augen
erinnern kann

LEBEN IN WACHSTUMSMILCH UND SYSTEMHONIG

Sollte es unseren Kindeskindern noch möglich sein, uns jemals zu fragen, warum wir denn damals nichts dagegen getan haben, damals, als es noch möglich gewesen wäre, so werden wir nicht antworten können, wisst ihr, wir hatten Angst um uns und unsere Familien, wisst ihr, wenn wir damals etwas dagegen getan hätten, dann wären wir alle abgeholt worden …

nein, das werden wir nicht antworten können,

wir werden vielmehr erröten, auf den Boden blicken und ganz leise flüstern, liebe Kindeskinder, es tut uns so leid, wir haben es nicht wahrhaben wollen, es war damals so viel los, wir hatten immer so viel Dringendes zu erledigen, wir waren immer mit so Wichtigem beschäftigt, es fehlte uns einfach die Zeit, etwas dagegen zu tun, damals, als es noch möglich gewesen wäre …

Leben zwischen Autobahnen

Leben zwischen Autobahnen
ab und zu Natur erahnen
Lärm als Hintergrundmusik
die dem Mensch den Takt angibt

Wir sind alle so beschäftigt
verplant, terminisiert und sinnentleert
es ist uns allen nur noch lästig
wenn etwas Neues ins Leben quert

Die Konkurrenz ist groß, die Angst zu versagen auch
im Herzen statt Feuer nur stinkender Rauch
für Schlaf und Kinder kaum noch Zeit
so wenig Liebe, so unglaublich viel Eitelkeit

Wir rennen und rennen und hecheln nach Luft
der Wahnsinn verbreitet süßlichen Duft
selbst die, die nach Veränderung rufen
hetzen und rennen
wir sind Figuren in einem Spiel
dessen Regeln nur wenige kennen

Alles wird schneller
wir jagen der Zeit hinterher
im Konsumrausch gefangen
die Last der Schulden wiegt schwer
Der Hamster blickt verzweifelt aus seinem Rad
wie schön wäre doch ein eigener Pfad
vor dem Haus zu sitzen
die Sonne im Gesicht
im Himmel spielen Wolken
die Vögel zwitschern für dich

Komm lass das Träumen
es wartet die Pflicht
mach schnell, schnell weiter
bis deine Seele bricht

Vorrangverzicht

Auf der Überholspur des Lebens
plötzlich innehalten
und einen Igel
die Straße queren
lassen
und dann
loslachen
und
endlich
bei sich
ankommen

Geschenk

Ich hetze verspätet zu einem Termin
der Fuß am Gas, die Hand am Handy
das Herz weit weg – irgendwo

Da steht am Straßenrand ein Kind
ein Mädchen, fünf, sechs Jahre jung
und lächelt mich an
absichtslos
grundlos
einfach so

Für diesen einen Augenblick
steht meine Welt still
alles ist ruhig
alles hält inne

Das Leben schenkt mir
eine Atempause
im Getriebe
einer aus den Fugen
geratenen Welt

Scheinbare Sicherheit

Du meinst
du hast ein Recht auf ein langes Leben
Du sagst
du hast dir eine schöne Pension redlich verdient
aber heimlich und still
machst du dir Sorgen
dass sich das Leben
nicht deiner Regeln bedient

Gesetze
sind letztlich nur relativ
Sicherheit
ist nur auf Schein gebaut
was kommen wird
wird einfach kommen
sicher ist der
der diesem Kommen
vertraut

Einer von uns

Er hortete Jahre
und übersah die Augenblicke
er feierte seine Geburtstage
dazwischen sah er fern

Er war daran gewöhnt
an ein Leben vor dem Bildschirm
an ein Leben aus zweiter Hand
an ein Leben voller Ablenkung

Er starb überraschend
im Fernseher lief ZIB 2
das Programm lief weiter
für morgen brachte er Regen

Wertewandel

Früher
vor zweitausend Jahren im alten Rom
gab es Sklaven
die arbeiteten für ihre Herren
ob sie wollten oder nicht
das Leben der Sklaven
wurde von den Herren bestimmt

Wie unmenschlich, heute ist es anders
die Zeiten haben sich geändert
sagen wir

Früher im alten Europa
gab es Menschen
die arbeiteten für ihr Geld
ob sie wollten oder nicht
das Leben der Menschen
wurde vom Geld bestimmt

Wie unmenschlich, heute ist es anders
die Zeiten haben sich geändert
sagt vielleicht jemand in zweitausend Jahren
über dich und mich

Die Geschichte ist
ein strenger Richter

Mut

In einer Welt in der jeder alles beansprucht
selbstverständlich und sogleich
leben wir umgeben von rasantem Fortschritt
innerlich arm, nach außen hin reich

Wir haben so viel und sind immer leerer
wir streben nach Perfektion
nicht nach Vollkommenheit
wir betrügen uns selbst um das Besondere
essen Mandarinen zu jeder Jahreszeit

Wer alles hat, hat keine Träume
warten und Dank werden fremd
das teure Auto macht nicht glücklich
Wir fühlen wie die Sehnsucht brennt

Sehnsucht nach Gott, nach einem Rastplatz im Leben
nach Freunden, Beziehung, nach Lebenssinn
Wir würden so vieles dafür geben
für den brennenden Zauber des Neubeginns

Doch nicht alles im Leben ist letztlich käuflich
jeder Morgen wird uns einfach so geschenkt
alles wär möglich, doch wer hat den Mut
dass er den goldenen Käfig sprengt?

Große Aufgabe

Es ist schon komisch
aber
einfach
ist es nicht
einfach
zu leben
in unserer Zeit

Entwicklung

Es gab eine Zeit
da war die Erde eine Scheibe
die Sonne drehte sich um die Erde
und die Seelen brannten im Fegefeuer

Heute
wissen wir alles besser
wissen wir alles

haben aber
vergessen
dass
die Wahrheit von heute
der Irrtum von morgen ist

Selbstverantwortung

Ranglisten und Wertungen wohin man sieht
es gibt sogar die dümmsten Verbrechen
fast alle wollen dünner sein
wollen dem Ideal entsprechen

Doch wer definiert das Ideal?
Wer bestimmt über unser Leben?
Wer treibt uns an
anders zu sein?
Wer entscheidet für uns
ist etwas Fluch oder ist es Segen?

Wer hat uns den Vergleich gelehrt?
Warum das ständige Siegen?
Ist ein gutes Leben nicht mehr gut genug?
Müssen wir vom allem immer noch mehr kriegen?

Wer von uns ist letztlich frei?
Sind wir wirklich zur Freiheit geboren?
Wagen wir den Sprung ins Nichts
oder werden wir zeitlebens
das uns Vorgegebene
wiederholen?

Leben im Porsche

Sesshaft sind wir geworden
wir Krone der Schöpfung
sesshaft im goldenen Käfig
unserer architektonisch
beeindruckenden
Schuldenburgen
verbringen
aber
unseren Urlaub

oftmals
ganz einfach

weit, weit weg
von unseren architektonisch
beeindruckenden
Schuldenburgen

Hoffnungsschimmer

Hoffnungsschimmer möchte ich pflanzen
hegen und pflegen will ich sie
bis sie in meinem Garten blühen
wie Schneeglocken
nach einem langen dunklen Winter

Dann will ich sie pflücken
meine blühenden Hoffnungsschimmer
ganz vorsichtig
will ich sie zu einem herrlichen Strauß
voller Hoffnung binden

Nicht zu Hause werde ich bleiben
nein
ich werde mich auf den Weg machen
um sie zu verschenken
meine Hoffnungsschimmer

In Krankenhäuser und zu Zeitungsverlagen
werde ich gehen
zu Sterbenden, Parteien und in Asylantenheime
besonders aber
zu unseren Kindern
zu unseren Kindern in unseren Schulen
und Einkaufszentren

Gebt mir eure Handys
ich gebe euch meine Hoffnungsschimmer

werde ich rufen
und meine Tochter wird sich verlegen wegdrehen
und so tun, als ob sie mich nicht kennt
und die Kinder werden mich auslachen
und antworten
mein Gott, Hoffnungsschimmer, wie uncool
Wir brauchen in unserem Leben doch
schon lange keine Hoffnung mehr
in welcher Welt lebst du denn
Wir haben doch schon alles, schau her
und sie werden mir ihre neuen Notebooks zeigen
ihre neuen Jeans, ihre neuen Smartphones
ihre neuen Schuhe, ihre neue Schminke
ihre neue Schminke um ihre leeren Augen
und ich werde sie hören und nicht verstehen
und werde sie leise fragen
aber Kinder
wer kümmert sich in Zukunft um meinen Garten
wer hegt und pflegt meine Hoffnungsschimmer
wer, wenn nicht ihr
dann, wenn ich nicht mehr bin
und die Kinder werden sich lange anschauen
und dann wird ein kleines Mädchen leise flüstern:
Was wäre eigentlich, wenn morgen …

und dann wache ich auf
aus meinem Traum
weil gerade jetzt mein blödes Handy bimmelt

Verdrängung

1986
Anfang April
endlich wieder Frühling
das Gras wächst still

1986
Mitte April
die Tage werden länger
Lachen und Spiel

1986
Ende April
Ohnmacht und Angst
Tschernobyl

1986
Nach April
nein zu Atomstrom
den keiner mehr will

2013
Anfang April
Atomkraftwerke boomen
Trauerspiel

Widerstand

Unser aller Leben dient heute der Wirtschaft
rational, funktional und spezialisiert
ducken wir uns brav vor der Konzernmacht
wer nicht mehr kann, wird therapiert

Unsere Kinder in Horte, unsere Alten in Heime
logisch begründbar, das Beste für sie
wir alle arbeiten, haben Schulden
sind immer beschäftigt, Zeit haben wir nie

Vor lauter Ablenkung bleibt fürs Denken keine Zeit
wollen wir so leben bis in alle Ewigkeit?
Wollen wir nicht lieben, hoffen und lachen
und uns nicht länger zum Narren machen lassen?

Öffnen wir Augen, Herz und Ohren
wir haben uns zu lange selbst angelogen
der Bus in dem wir sitzen rast gegen die Wand
der Lenker des Wagens ist außer Rand und Band

Kommt lasst und aufstehn, lasst uns widersagen
lasst uns Verantwortung statt Krawatten tragen
vererben wir unsern Kindern nicht totes Geld
hinterlassen wir ihnen eine menschliche Welt

LEBEN, GOTT UND TOD

Ich habe einen Freund,
der ist so voll mit Gott,
ja, der ist ganz und gar
erfüllt mit Gott.
Mein Freund hat dieses Besondere –
diese selbstverständliche Gottesinnigkeit.

Mein Freund meint, Gott sei auch in mir. Wenn ich Gott in mir nicht wahrnehmen könne, dann liege die Ursache wohl darin, dass ich ihm keinen Raum schenken würde.
Es sei wie mit dem Duft einer Rose. Die Rose dufte immer. Sei die Rose aber mit zu vielem Ballast zugedeckt, so könne man nur mehr den Geruch der Dinge wahrnehmen, nicht aber mehr den Duft der Rose selbst. Die Rose sei aber trotzdem da. Die Rose sei aber trotzdem in mir.

Mein Freund meint, Gott könnte sich auch in mir wieder ausbreiten. Es liege an mir ihm Raum zu verschaffen. Ich müsse beginnen in mir aufzuräumen. Ich müsse beginnen, den Müll wegzuwerfen, den ganzen Gedankenmüll. Es gäbe nämlich Gedanken, die den Menschen vom Leben und von Gott trennen würden. Wenn sich die Gedanken nur noch um das eigene Ich drehen, werde es schwierig Gott wahrzunehmen. Man könne nämlich nicht Gott dienen und dem Ego. Auf die Gedanken zu achten, sei also ein erster Schritt.

Ein weiterer Schritt sei, sich Zeit zu nehmen. Man komme leichter in Kontakt mit dem Duft der Rose, wenn man diesen Duft bewusst wahrnehmen wolle, wenn man sich zur Rose hin beuge und sich über den Duft der Rose freue. Man komme ganz leicht in Kontakt mit dem Duft der Rose, wenn man beginne, die Rose zu lieben.
Wichtig sei zu lernen, die Ablenkungen in ihren verschiedenen Formen loszulassen. Jede Ablenkung sei weniger als das, was bereits da sei. Der Duft der Rose genüge nämlich vollkommen, meint mein Freund.

Meer

Wenn die Wellen sich legen
die Nebel sich lichten
und die Fischer ihre Boote an Anker legen

Wenn alles ruhig ist
und nicht einmal mehr die Stille lärmt
wenn der Wind dann günstig steht
ertönt in dir
eine ewig bekannte Melodie
weit her
aus einem Land
nah dem unsern
nur
vom andern Ufer
der Zeit

Sandkorn

Im ganzen Wahn und Sinn der Welt
wurde ich an diesen Platz gestellt
und ich frag mich leis wozu?

Wer gab mir die Möglichkeit
Mensch zu sein in dieser Zeit?
Was genau
ist nur mit mir geboren?
Was genau
ging ohne mich
der Welt
für immer verloren?

Meine Fragen berühren tief das Ganze
doch mein Denken denkt nur bis zur Grenze
kann nicht über den Horizont hinaus

Und ich leb mein Leben
denkend, zweifelnd
hoffend, glaubend
bis das letztes Sandkorn fällt

Und es weitet dann im Fallen
meinen Horizont, mein Ahnen
und es wandelt sich im Landen
zur ewigen Antwort
meiner Fragen

Und ich atme aus
und dann?

Geschwister

Machtvoll
ist der Tod
machtvoll
ist das Leben
so fremd und doch vertraut
ist uns der Tod
so vertraut und doch so fremd
ist uns das Leben

Wer war zuerst da?
Die Henne oder das Ei?
Der Tod oder das Leben?
Sind die nie Gezeugten tot
oder existiert der Tod nur für die Lebenden?

Tod und Leben
Leben und Tod
Machtvolle Geschwister
Kinder
einer
ewig großen
Mutter

Unendlich alles

Leben
du einsame Schönheit
du Bruchteil der Unendlichkeit

Wir sind da
mehr wissen wir nicht

Wir werden gehen
mehr wissen wir nicht

Und doch in diesem
magischen Raum des Nichtwissens
schützend begrenzt vom Unbekannten:
So viel Schönes, so viel Pläne
so viel Lachen, so viel Tränen
so viel Träume, Angst und Siege
so viel Schmerzen, so viel Liebe

Zwischen unserem Kommen und Gehen
so viel Werden, so viel Vergehen

Zwischen unserem Kommen und Gehen
unendlich alles –
unser Leben

Ein Augenblick Ewigkeit

Ich möchte Augenblicke sammeln
im Garten des Lebens
einen Atemzug lang
loslassen
was sein könnte
und annehmen
was ist

Und einen dieser Augenblicke
möchte ich
bewahren
schützend
in meinem Herzen ·
zum Beweise dafür
dass ich wirklich
gelebt habe

Ahnungen

Wortlose Engel
öffnen
für Augenblicke
die stille Grenze
zum Unbekannten

Unsichtbare Botschaften
nisten sich als
leise Ahnungen
unfassbar
in meiner Seele ein

Verblendung

Ich fühl mich entwurzelt
heftig verweht mich der Wind
manchmal hierhin, dann wieder dorthin
mal bin ich Mann, mal bin ich Kind

Ich fühl mich entwurzelt
abgeschnitten, in der Fremde allein
Sorge und Angst riesengroß
dazwischen ich, zwergenklein

Ich fühl mich entwurzelt
getrieben tagein und tagaus
geblendet von Selbstsucht
taste ich suchend nach Haus

Abschied

Einmal noch
entlang gehen
am Ufer des Lebens
barfuß
würdevoll

Aufrecht
in die ewige Weite blicken
den Horizont erahnen
Fernweh
nach zu Haus

Lebensmelodie

Alles sei Windhauch
alles vergebens
all unser Hoffen
all unser Streben

Doch einmal nur eingetaucht
in den Pulsschlag der Schöpfung
erahnst du staunend
der Weltenseele Symphonie
und bist du still
dann hörst du leise
deine einmalig eigne
Melodie

Du allein bist Schöpfer deiner Noten
sie klingen in dir
mal schrill
manchmal in Harmonie
Du allein erschaffst die Schwingung
lebst in deinem Alptraum
oder in deiner Poesie

Und jeder Klang
den du erschaffst
tönt in die Welt hinein
dein eigener Klang
geht in Resonanz
er bleibt nicht lang allein

Und mag dein Leben Windhauch sein
ein winzig Stückchen Endlichkeit
lächle und sei dir gewiss
deine Lebensmelodie
stirbt nicht

Zweite Chance

Bereits im Gehen
flüsterte sie mir leise zu

Lebe dein Leben
als wärs bereits vergangen
einem Orchester gleich
das Zugaben spielt
den Auftritt bereits bestanden

Sei bereits auferstanden
dem eigenen Tode entrückt
leb dankend das bisher Versäumte
gib deine Fülle dem Leben zurück

Suchen und Finden

Im Einkaufszentrum
der Dogmen, Philosophien, Religionen
irr ich getrieben hin und her
Ich streun mal hierhin, dann wieder dorthin
im Außen das Innen zu finden
ist unendlich schwer

Vom vielen Suchen
müd geworden
lass ich endlich
das Suchen los
erschöpft
komm ich
nach Haus

Gott
öffnet
die Tür
und lächelt

Unser Vater

Vater unser
wo bist Du?
Warum ist dir dein Name wichtig?
Was ändert sich, wenn dein Reich
kommt und dein Wille geschieht?
Ist dein Himmel nicht hier bei uns auf Erden?
Wer schätzt heute noch dein tägliches Brot,
wollen wir nicht alle nur noch Geld?
Was ist in deinen Augen Schuld, was ist Vergebung?
Hast du uns jemals in Versuchung geführt
und wenn ja, warum?
Was ist all das Böse und warum müssen wir dich um
die Erlösung von allem Bösen ausdrücklich bitten?

Vater unser
Wir leben in einer Welt
der Erklärungen und Analysen
Wir leben in einer Welt des Wissens
und der tausend Fragen

Bitte beantworte mir nur eine

Mein lieber Vater
wer bist du?

Bitte und Traum

Meine dringende Bitte
an mich
ist
so
zu leben
dass ich
eines Nachts
ohne Bedauern
sterben
kann

Sterben

Im Zauberberg
der Liebe
eingeatmet werden
für immer

Auferstehung

Die letzte Antwort aber
wächst im Dunkel
der Nacht
ganz zerbrechlich und zart
in den neuen Morgen
hinein

AM ENDE EIN RÄTSEL

Am Ende ist alles anders und doch wieder nicht.

Ein bisschen Leben ist vergangen, ein wenig älter sind wir geworden, wir sind am Ende aber auch am Anfang zu etwas ganz Neuem angelangt.

Vielleicht ist es gerade jetzt an der Zeit für kurze Zeit innezuhalten, ähnlich dem Atem, der ja auch zwischen jedem Atemzug eine kleine Pause einlegt. Vielleicht ist es an der Zeit, diesen archaischen Rhythmus der Natur wieder in unseren Alltag zu integrieren, die Pause nicht nur zu überbrücken, sondern zu leben und in dieser Zeit der Unterbrechung das eigene Leben zu betrachten.

Ich wünsche uns den Mut, die Unsicherheit im Leben auszuhalten, die vielen Widersprüche, die unbeantworteten Fragen, das viele für immer Ungelöste.

Ich wünsche uns den Mut, unsere ureigenen Talente zu leben, Fehler zu riskieren, Selbstverständlichkeiten zu hinterfragen und vor allem wünsche ich uns den Mut, Verantwortung für uns und unser Leben zu übernehmen.

Wir alle sind unendlich beschenkt! Es ist nicht selbstverständlich, dass gerade wir – du und ich – leben dürfen. Wir alle sind Menschen aus Fleisch und Blut, haben Träume und Ängste. Wir alle sind manchmal verzweifelt, manchmal überglücklich, wir alle lachen Tränen, wir alle weinen Tränen. Haben wir den Mut, uns für dieses Geschenk des Lebens durch unsere Haltung, durch unser Engagement, durch unsere Menschlichkeit, durch unsere jeweils eigene ganz besondere Art zu leben, zu bedanken. Nutzen wir die uns gegebene Chance, nutzen wir die uns gegebenen Möglichkeiten, jeder auf seine Weise, jeder an seinem Platz. Bauen wir gemeinsam an einem Netzwerk der Menschlichkeit, welches wir dann irgendwann verlassen werden, ohne allzu großes Bedauern, weil wir das uns Mögliche versucht haben. Bauen wir dieses Netzwerk der Menschlichkeit im Wissen, dass wir irgendwann gerufen werden – dann, ganz am Ende, dann, wenn der letzte Atemzug zu Ende geht, dann, wenn die große Pause kommt, ehe uns vielleicht wieder ein Anfang geschenkt werden wird …

Vielleicht

Vielleicht aber
ist auch alles ganz einfach

Vielleicht aber
ist es in diesem Leben
auch einfach nur unsere Aufgabe
glücklich zu sein
so richtig glücklich
so richtig
von tief innen her
unabhängig
von allem Außen
und dadurch
eine bessere Welt
zu schaffen
zumindest
aber eine
glücklichere Welt

Alexander Jehle,
geboren 1970 in Feldkirch,
Vater, Rechtsanwalt,
suchender Mensch,
manchmal überfordert,
manchmal voller Energie,
dann und wann glücklich,
dann und wann traurig,

ein Mensch eben

Weitere Gedichtbände
des Autors im BUCHER Verlag:
»TrotzDem« (2014)
»wie tausend neue morgen« (2015)